KB080013

말할 곳이 없어
시를 쓰기 시작했습니다

말할 곳이 없어 시를 쓰기 시작했습니다

초판 1쇄 인쇄 | 2021년 1월 5일
초판 1쇄 발행 | 2021년 1월 10일

지은이 | 채유진
발행인 | 이승용

편집주간 최윤호 | **관리실장** 홍민진 | **마케팅총괄** 김미르
북디자인 이영은 | **홍보영업** 백광석

브랜드 내가 그린 기린
문의전화 02-518-7191 | **팩스** 02-6008-7197
홈페이지 www.shareyourstory.co.kr
이메일 240people@naver.com

발행처 (주)책인사
출판신고 2017년 10월 31일(제 000312호)
값 13,500원 | **ISBN** 979-11-90067-35-5 (03810)

이 도서의 국립중앙도서관 출판예정도서목록(CIP)은 서지정보유통지원시스템 홈페이지(http://seoji.nl.go.kr)와 국가자료공동목록시스템(https://www.nl.go.kr/kolisnet)에서 이용하실 수 있습니다(CIP제어번호:CIP2020051540).

말할 곳이 없어 시를 쓰기 시작했습니다。

아줌마,
잔소리 대신
시를 쓰다

채유진 지음

따스한 위로가 필요한 당신에게
전하고 싶은 시집

"시가 뭐예요?"

"말할 곳이 없어서, 말로 표현할 수 없어서 쓰는 것"

나를 찾아가는
50개의
SELF QUESTION
수록

위로와 위안은 누구에게나 필요합니다. 엄마, 아빠, 할머니, 할아버지도 가끔은 공감의 말 한마디, 따뜻한 손길과 토닥임이 필요합니다. 하지만 나이를 먹을수록 어른이라는 이유로 위로받기보다는 위로해주는 사람으로 여겨지며 위안을 받기가 어려워집니다.

엄마가 되고 중년의 나이가 되었지만 나는 여전히 위로받고 싶은 연약한 사람입니다. 엄마는 강하다는 말은 자식 앞에서 그렇다는 것이지, 인간적으로 강하다는 말은 절대 아닙니다. 엄마이기에 오히려 위로받고 싶다고 말하지 못하는 것일 뿐입니다. 약한 모습을 차마 내보이지 못해 더 가슴 깊숙이 감추고 강한 척해야 하는 게 부모입니다.

이렇게 위로가 필요한 어른들을 위하여, 그리고 위로받을 곳을 찾는 젊은이들을 위하여 이 책을 집필하게 되었습니다. 내가 살아온 삶에서 느낀 슬픔과 아픔, 쓸쓸함이 나만의 것은 아닐 것입니다. 이 책을 통하여 작은 위로와 위안을 드리고 싶습니다. 토닥토닥 안아드리고 싶습니다.

이 책은 읽고 덮어두는 책이 아닙니다. 자신에게 던지는 짧은 질문을 통해 자신의 마음을 들여다보고, 마음이 전하는 이야기를 쓰거나 그려보면서 자신의 모습을 있는 그대로 바라볼 수 있도록 구성하였습니다. 질문에 대한 답은 자신이 느끼는 대로, 생각나는 대로 일기를 쓰듯이 적어 내려가도 괜찮고, 떠오르는 대로 그림을 그리거나 두서없이 끄적여도 괜찮습니다. 다른 사람의 글을 통해 공감하고 위로를 받을 수도 있겠지만, 자신에게 던지는 글과 그림으로 더 큰 위안을 얻을 수 있을 것입니다.

이 책을 통해 조금이나마 마음이 쉴 수 있는 시간을 갖고 공감할 수 있으면 좋겠습니다. 그리고 작은 위안이 되었으면 좋겠습니다.

촉촉한 5월의 햇살 아래

채유진

4장

다들 먹고 사느라 고생이 많습니다

5장

세상의 한 조각이 되어

6장

너무 애쓰지 마세요

외롭다고 말하고 나니
밀물처럼 외로움이 밀려옵니다

그러나 애써 밀어내지 않으려 합니다
이 외로움을 온 마음으로 받아들이려 합니다
지금은 외로움을 느낄 때이기 때문입니다

1장。

외로울 때
외롭다고 말하니
왠지 더 외로워집니다

섬

당신이 떠나고

나는……

섬이 되었다

아무도

닿을 수 없는……

사람이 사람을 만나는 일은 섬과 섬이 가까워지는 것입니다.

섬으로 살면서 섬인 줄 모르고 살아갑니다.

사랑하는 사람을 만나면 섬은 육지가 되고,
그 사람이 떠나고 나서야 본래 섬이었다는 것을 알게 됩니다.

그리고 다른 섬에 다가가지 못하고 혼자서 점점 더 멀어집니다.

아무도 닿을 수 없는 섬이 되어
다른 섬을 멀리서 바라만 봅니다.

사랑은 그런 것입니다.

01.

당신이 생각하는 사랑은 무엇인가요?

외로울 때 외롭다고 말하니 왠지 더 외로워집니다

외롭다고 말하고 나니
밀물처럼 외로움이 밀려옵니다

그러나 애써 밀어내지 않으려 합니다
이 외로움을 온 마음으로 받아들이려 합니다
지금은 외로움을 느낄 때이기 때문입니다

수많은 감정이 파도처럼 밀려왔다가 밀려갑니다
파도는 기다리면 잔잔해집니다

가끔은 외면하고 모른 척하기도 하지만
스며드는 짠맛의 외로움은 오래 남습니다

외로울 땐 외롭다고 말하세요
그리고 더 외로워지세요

외로움이 가슴 깊이 별처럼 박히면
깊은 어둠이 와도 견딜 수 있습니다

노크도 없이 찾아오는 외로움을

반갑게 맞이하고

토닥토닥해 주세요

오늘 외로운가요?
숨기려 하지 말고 외롭다고 말하세요.
그리고 혼자 외로움을 만나세요.
외로움이 친구가 되면 더는 외롭지 않을 거예요.

당신은 외로움을 어떻게 이겨내나요?

가을의 기도

가을에는 울지 않게 하소서
지나가는 바람이 칼날이 되어
가슴을 할퀴고 갑니다

이 가을에는 조금만 아프게 하소서
떨어지는 이파리마다
마음 한 조각씩 찢어집니다

가을에는 다시 사랑하게 하소서
죽음보다 달콤한 고독과
그리움보다 애잔한 쓸쓸함을 거두소서

가을이 오기 전부터 마음은 떨고 있습니다
또 얼마나 가슴 시린 날을 견뎌야 하는지
얼마나 깊은 불면의 밤을 보내야 하는지

가을이시여, 이제는
이 잔인한 애증을 멈추게 하소서
하지만 나는 비로소 살아있음을 느낍니다

가을바람은 쓸쓸함을 품고 있습니다.
마른 이파리를 떨어뜨리고 이리저리 흩어지게 합니다.
가을은 가슴을 시리게 하는 날카로운 칼날을 품고 있습니다.
가을에는 가슴을 여미고 기도하고 싶어집니다.

가을에는 다시 사랑하고 싶어집니다.

03.

당신은 어떤 계절을, 어떤 이유로 좋아하나요?

그대를 읽고 싶다

나는 매일
그대를 읽고 싶다

재미있는 소설을 읽듯이
밤새워 그대의 일상을 더듬어보고

애잔한 시를 읽듯이
그대와 손잡고 도란도란 얘기하고 싶다

그대는 어느 날
소설처럼 나를 찾아와

내 가슴에 수많은 시를
끄적이게 만들고

행복으로 가득한
나의 수필이 되었다

나는 그대의 책장을 넘기며

여백에는 그리움의 편지를 쓴다

사랑은 소리 없이 찾아와
시를 쓰게 만듭니다.

사랑하는 그대의 마음을
책처럼 읽고 알 수 있다면
얼마나 좋을까요?

그대를 만나 나의 일상은
행복한 수필이 되고
소설이 됩니다.

그대를 만난 것에 감사합니다.
나는 책이 되고 싶습니다.
그대가 읽어주면 좋겠습니다.

04.

사랑하는 사람에게 편지를 써보세요

별빛 같은 그리움

팔랑 떨어지는 단풍을
두 손에 받았습니다

그대의 마음이라면
얼굴이 붉게 물들었을 텐데……

별빛 가득한 밤하늘처럼
가슴엔 그리움이 반짝입니다

오늘 밤엔 꿈의 궁전으로
그대를 초대하겠습니다

그래야 살 것 같습니다

가을에는 사랑하고 싶습니다.
바람이 불고 단풍잎 떨어지면
가슴에는 그리움의 비가 내립니다.

봄, 여름, 바쁘게 땀 흘리며 살다가
가을에는 옷깃을 여미며 쓸쓸히
혼자 걸어보고 싶습니다.

겨울의 찬바람에 몸을 웅크리고
마음의 문이 닫히기 전에
가을에는 사랑과 그리움에
마음껏 취해보고 싶습니다.

05.

지금 가장 그리운 사람과의 기억에 남는 추억은 무엇인가요?

내 마음의 골골송

살아있는 것은 모두
사랑이 필요하다

기르는 고양이도 사랑받고 싶어서
아침마다 사람이 있는 곳으로 온다

마음도 살아있어
사랑받으려고 나에게 기댄다

사랑을 받는 고양이는 기분이 좋아
골골송*을 부른다

마음도 행복한 골골송을 부르도록
사랑하고 또 사랑하자

그 노래의 진동이
세상에 울리도록 사랑하자

* 골골송 : 고양이가 기분이 좋거나 편할 때 내는 소리를 노래에 비유하여 이르는 말.

아침마다 고양이가 내 방으로 찾아옵니다.
가까이 와서는 쓰다듬어 달라는 듯 바라봅니다.

가만히 머리에 손을 얹으면
편안히 누워서 골골송을 부르기 시작합니다.

혼자서 생활하기를 즐기고 사람을 잘 따르지 않는 고양이도
사랑의 손길이 필요합니다.

그런데 항상 내 안에서
나와 함께하는 '마음'은 더 말할 필요가 없지요.

마음은 살아있고, 역동적입니다.
한시도 같은 마음으로 있지 않습니다.

수많은 생각과 느낌을 포용해야 하는
내 마음이야말로 사랑을 받고 살아야 합니다.

세상 무엇보다 우선 자기의 마음부터 챙기고
사랑해야 합니다.

사랑을 많이 받은 마음은
그 사랑을 더 많이 나눠줄 수 있습니다.

살아있는 모든 것은 사랑이 필요합니다.

06.

당신은 자기 자신을 어떻게 생각하나요?

위로받고 싶을 때
말하지 않아도 돼요

가만히 마음을 기대보세요
내가 읽어드릴게요

아무라도 괜찮아요
누구나 위로가 필요하니까요

2장 。

시가

건네는

위로

꿈을 나누어 주는 달

매일 매일 어떤 이가
꿈을 불어 넣고 있는가?

다 채워지면
희망을 나눠주면서
조금씩 가벼워지는 달

나도 한번은 채워볼 수 있을까
세상에 나누어 줄 꿈

밤하늘의 달을 봅니다.
매일 매일 커지고 작아지는 달을 보면서
무엇을 채우고 있을까?
무엇을 나눠주고 있을까?
궁금해집니다.

매일 조금씩 꿈을 채우고
가득 채운 꿈을
빛으로 조금씩 나눠주고 있는 건 아닐까요?

바라보는 내 눈이 행복해집니다.
언젠가 나도 그 꿈과 희망을 나눠주는 사람이 되고 싶습니다.

07.

당신의 꿈은 무엇인가요?

시가 건네는 위로

위로받고 싶을 때
말하지 않아도 돼요

가만히 마음을 기대보세요
내가 읽어드릴게요

아무라도 괜찮아요
누구나 위로가 필요하니까요

햇살이 좋은 날에도
눈물 날 때가 있고

바람 좋은 날에도
가슴이 답답할 때가 있죠

언제라도 괜찮아요
그냥 그 마음만 갖고 오세요

아무것도 묻지 않고

가만히 손잡아드릴게요

어느 날 갑자기 마음이 우울해지거나
슬퍼질 때가 있나요?

일에 지쳐서 쉬고 싶을 때가
누구에게나 있습니다.

가족과의 관계나 동료와의 관계 때문에
힘들 때도 있지요.

그럴 때는 위로가 필요합니다.

사랑하는 사람의 따뜻한 말 한마디,
다정한 눈빛은 큰 위로가 됩니다.

그러나 가까이에서 위로를 건네줄 사람이 없다면
시 한 편 읽어보는 것은 어떨까요?

어쩌면 지친 마음을 가만히 어루만져줄
한 구절을 만날지도 모릅니다.

애써 나의 아픔을 얘기하지 않아도
가만히 들어주는 그런 글을 읽어보세요.

08.

마음에 드는 시나 글귀를 찾아 써보세요

공짜 세상

함박눈이 펄펄

아이는 기분이 너무 좋단다

세상이 온통 공짜 같단다

눈이 펑펑 쏟아지던 어느 겨울날
딸과 함께 길을 걷고 있었습니다.
어린 딸은 함박눈이 신기한지
한껏 들떠 있었고 무척 신이 났습니다.

손으로 눈을 잡으려 뛰어다니고
내 손에도 한 움큼 눈을 쥐여주며 말했습니다.
"엄마 이 눈 공짜야? 세상이 전부 공짜 같아"

그때 나는 깨달았습니다.
내가 공짜로 쓰고 있는 게 참 많다는 것을,
그리고 공짜로 받은 것들에 감사하지 않았다는 것을 말입니다.

하늘과 바람과 구름과 공기와 산과 들과 꽃과 나무와
눈에 보이는 모든 것들이 공짜였는데,
공짜가 아닌 것들만 얻으려고 바쁘게 일을 하고 돈을 벌고
'늘 부족한 마음으로 살았구나' 하는 생각이 들었습니다.

나에게 주어진 공짜는 넘치도록 많았는데,
딸과 함께 함박눈을 보는 그 시간도 모두
아무 대가 없이 공짜로 받고 있었는데,
나는 그걸 모르고 살았습니다.

어린아이의 순수함을 잃으니 소중한 것들이 보이지 않았습니다.
나이를 먹는다고 세상을 아는 것은 아니었습니다.

그날 이후로 나는 딸의 마음을 닮아가기로 마음먹었습니다.
어린아이의 마음으로 살아가고 싶습니다.

09.

평소 당연하게 생각했던 감사한 것들을 써보세요

햇살이 되어

이른 아침 그대의 창가에
가만히 내려앉고 싶어

고이 잠든 그대를 깨우며
그대 입술에 입 맞추고 싶어

닫힌 커튼 사이로
'안녕' 하며 달려가고 싶어

빗물에 몸 젖으면
상쾌하게 말려주고

바람에 마음 젖으면
따스하게 안아주고

가끔은 그늘도 만들어
그대를 쉬게 하고 싶어

사랑을 받는 것은 행복이지만
아무 조건 없이 그냥 주고 싶은 사랑도 있습니다.

햇살처럼 이유 없이 달려가
아침이 되어 주고, 젖은 마음 말려주고
그저 주는 것만으로 행복한 사랑.

바라는 것은 그저 당신의 행복입니다.
먼저 내 안에 사랑을 가득 담고
그 사랑을 나눠주며 살고 싶습니다.

10.

당신은 지금 자신을 사랑하나요?

마음이 웃는 소리

대나무 숲에는
바람의 소리가 있지
대시시 대시시

바다 위에도
바람의 소리가 있지
파시시 파시시

내 마음에 부는 사람도
소리가 있지
배시시 배시시

조용히 들어보면 들립니다.
바람이 지나가는 곳마다 소리가 다릅니다.

마음에도 소리가 있어요.
살며시 웃는 소리가 들리나요?

오늘은 모두
배시시 배시시
웃는 날이 되었으면 좋겠습니다.

11.

당신을 웃게 하는 것은 무엇인가요?

나에게는 고양이 친구가 있습니다

처음엔 밥을 얻어먹으려
가까이 왔습니다
자주 밥을 주고 먹는 동안
끈끈한 사이가 되었습니다

어느 날부턴가 밥이 없어도
나에게 다가옵니다
머리도 내밀어주고
골골송도 해줍니다

보이지 않으면 걱정됩니다
어디서 굶고 있는 건 아닌지
새끼는 잘 기르고 있는지,
그러다 불쑥 나타나면 무척 반갑습니다

우리는 그렇게
서로의 안부를 묻습니다

우리 동네에는 길고양이가 많습니다.
나는 만나는 고양이마다 이름을 붙여주었습니다.
둥이, 얼룩이, 치즈, 쿵이, 둥둥이…….

나는 고양이에게 아침저녁으로 밥을 챙겨 주었습니다.
고양이가 많아진다고 싫어하는 사람도 있지만
나는 고양이를 만날 때마다 밥을 주곤 합니다.

유난히 살갑게 다가오는 고양이가 있습니다.
둥이가 그랬고 쿵이가 그렇습니다.
쓰다듬으면 좋아서 이리저리 몸을 비비기도 하고
졸졸 따라오기도 합니다.

가끔은 밥보다 나를 먼저 반기기도 합니다.
어느 날 갑자기 쿵이가 보이지 않으면 걱정이 됩니다.
또 어디 안 보이는 곳에서 새끼를 낳았는지,
밥은 먹었는지, 아프지는 않은지…….

어느덧 고양이는 이웃이자 친구가 되었습니다.
더 많은 사람들이 고양이를 좋아하면 좋겠습니다.

12.

가장 좋아하는 동물과 그 이유는 무엇인가요?

마음이 마음에게 편지를 써요

오늘은 내가 나에게 편지를 써요
오늘도 수고했어요
잘 이겨냈어요
참 잘했어요

마음이 마음에게 편지를 써요
오늘은 이만 쉬어요
힘든 하루였어요
몸도 마음도 휴식이 필요해요

깊은 곳의 마음이 답장을 해요
조금만 쉬고 다시 기운을 내요
아직 꿈을 꿀 시간이에요
더 멋진 인생이 기다리고 있어요

나는 매일 마음의 소리를 들어요
힘들고 지친 마음도
잠들지 않고 깨어있고 싶은 마음도

아무것도 하고 싶지 않은 마음도

모두가 나이기에

내가 나에게 편지를 씁니다

하루하루 쉬운 날이 없습니다.
오늘은 좀 나으려나 기대를 하지만
저녁이면 또다시 녹초가 되어
아무것도 하기 싫은 마음이 듭니다.

매일매일 세우는 계획들은 무용지물이 됩니다.
책을 읽는 것도 글을 쓰는 것도
누군가를 만나는 일도
꺼진 장작에 불을 붙이는 것처럼 힘겹습니다.
운동을 한다는 것은 그저 꿈일 뿐입니다.
집에 오면 방에 누워 TV를 보면서
겨우 마음을 추스릅니다.

왜 이렇게 매일 힘겨워하는 것일까요?
꿈이 없는 것도 아닌데,
아니 매일 꿈을 꾸는데,
몸도 마음도 자꾸 쉬라고 합니다.

그 마음을 따라서 쉬고 나면
또 다른 마음이 말을 합니다.
그렇게 계속 쉬기만 하면
꿈은 언제 이룰 거냐고,
기운을 차리고 일어나서 다시 시작하라고…….
그렇게 하루하루 마음은 전쟁을 치릅니다.

그래도 마음을 너무 미워하지 마세요.
어떤 마음이든 모두 소중한 내 마음이에요.
마음은 항상 나의 행복을 위해 존재합니다.
마음이 하는 모든 말을 잘 들어주고 존중해주어야 합니다.
그리고 나를 위해서 용기의 편지를 써 주도록 합시다.

'오늘 하루 수고했어, 잘 견뎌줘서 고마워.
난 내가 자랑스러워.'

13.

지금껏 고생한 자신에게 편지를 써보세요

시가 있어 다행이다

하고 싶은 말을 못 해 마음이 답답할 때
미주알고주알 털어놓을 사람 없을 때
다정한 말 한마디 듣고 싶을 때
시가 있어 다행이다

예쁘지 않은 말이 튀어나올 때
어두운 말이 앞을 가로막을 때
따뜻한 위로의 말이 필요할 때
시가 있어 참 다행이다

나의 말은 시의 옷을 입고
마음을 어루만지고
나의 마음은 시의 온기를 얻어
나를 다독여준다

괜찮다고 괜찮다고
다 괜찮으니 되었다고
아무 때라도 마음을 끄적이라고……

사람은 혼자서 살 수 없습니다.
늘 누군가와 소통하고 대화하며
마음을 나누고 살아야 합니다.

혼자 있기를 좋아하는 사람도
항상 혼자 지낼 수는 없습니다.
마음을 터놓고 얘기할 사람이 필요합니다.

하지만 어떤 상황 때문에
그럴만한 사람을 만날 수 없을 때가 있습니다.
아니면 하고 싶은 말을
솔직하게 털어놓지 못할 때가 있습니다.
그럴 때는 일기를 쓰거나
끄적끄적 낙서라도 하면 마음이 좀 후련해집니다.

가끔은 일기장에도 내 마음을 다 옮기지 못할 때가 있습니다.
그럴 때는 아주 짧은 글이라도 시로 한 번 써보세요.
시는 어려운 말로 표현하는 것이 아닙니다.
그저 내 마음을 몇 마디의 언어로도 적을 수 있습니다.
조금 과장하거나 덜 솔직해도 상관없습니다.
마음의 흐름을 따라 떠오르는 단어로 표현해보면
나만의 멋진 시가 됩니다.

14.

어떠한 형식도 제약도 없이
지금 하고 싶은 말을 글로 써보세요

마음에 꼭지를 달고

물이 필요할 때마다
수도꼭지를 돌리듯이
사랑이 필요할 때마다
그대의 마음을 열 수 있으면 참 좋겠다

사람의 마음에 꼭지를 달 수 있으면 좋겠습니다.
사랑의 꼭지, 위로의 꼭지, 눈물의 꼭지 등
필요할 때마다 나의 꼭지를 열어 나눠주고
누군가의 꼭지를 열어 얻어 올 수 있으면 좋겠습니다.

미움의 꼭지, 분노의 꼭지, 슬픔의 꼭지를 달아
가슴에 차오를 때마다 열어서 흘려보낼 수 있으면 좋겠습니다.

오늘은 살며시 그리움의 꼭지를 열어두겠습니다.
멀리 있는 그대에게 닿을 수 있도록
오래오래 열어두겠습니다.

15.

오늘 어떤 감정을 흘려보내고 싶나요?

초승달

새침한 척
등 돌리고 있네

가만히 안아주면
돌아보지는 않고
살며시 웃고 있네

내 이럴 줄 알았지!

밤하늘에 환하게 떠 있는 초승달을 봅니다.
수줍은 소녀가 새침하게 돌아선 듯합니다.
가만히 다가가 안아주고 싶습니다.
소리 없이 살며시 미소 짓는 것 같습니다.

나도 가끔은
누군가를 안아주고 싶습니다.
나의 포옹이 누군가에게 따뜻함이 될 수 있다면
꼬옥 안아주고 싶습니다.
안기는 사람보다
안아주는 사람이 되고 싶습니다.

그렇게 넉넉하고 큰 사람이 되고 싶습니다.

16.

따뜻한 위로가 필요한 사람에게 건네고 싶은 말을 써보세요

어느 날 문득 돌아보니
　잔소리를 들으며 살았던 내가
잔소리를 하는 사람이 되어 있었다

　"엄마, 잔소리 좀 그만해!"
　"어, 그래? 알았어."
그리고 나는 다시 시를 쓰기 시작했다

3장 。

나이 마흔,
잔소리 대신
시를 쓰다

불혹은 절대 오지 않는다

마흔이면 불혹이라고 한다
그러나 나는 아직 불혹을 모른다

이미 불혹을 안다면
그는 성인이다

인간은 미혹한 존재라
신에게 의지하고
기도를 한다

불혹을 기다리지 말고
흔들리며 제자리로
빨리 돌아오면 된다

마흔이면 불혹이라는 말이 있습니다.
나는 마음이 여려 잘 흔들리고 후회도 많았습니다.
중심이 없이 비틀거리며 살아온 것 같습니다.

그리고 마흔이 되면 흔들리지 않을 줄 알았습니다.
어설프고 모자라고 어리석었던 내 모습이
이제는 의연해지고, 평온해지고, 현명해질 줄 알았습니다.

그동안 쌓은 경험을 바탕으로 실수하는 일은
조금 줄었을지 모르지만
아직도 많은 일이 낯설고 쉽지 않게 여겨집니다.
그러나 조금씩 덜 흔들리고 더 빨리 돌아오려고 합니다.
아마도 평생 흔들리지 않는 날은 없을 것 같습니다.

17.

당신에게 늘 낯설거나 힘든 일은 무엇인가요?

나이 마흔, 잔소리 대신 시를 쓰다

어느 날 문득 돌아보니
잔소리를 들으며 살았던 내가
잔소리를 하는 사람이 되어 있었다

"엄마, 잔소리 좀 그만해!"
"어, 그래? 알았어."
그리고 나는 다시 시를 쓰기 시작했다

사람은 자기가 경험한 것을 반복하는 경향이 있습니다.
잔소리 듣는 것이 싫다고 하면서
어느 순간 내가 잔소리를 하는 사람이 되어 있었습니다.

딸은 내가 무슨 말을 하면 무조건
'알았어', '금방 할게'
이렇게 대답합니다.
그러면 나는 더 아무 말도 하지 못하게 됩니다.

나이 마흔이 되었을 때,
나는 잔소리를 그만두고 다시 시를 쓰기 시작했습니다.

18.

당신은 어떤 사람이 되고 싶은가요?

내 인생의 계산서

식사를 하고 나니
계산서를 준다
먹은 만큼
돈을 내야 한다

내 인생의 계산서는
얼마일까?

공짜로 얻은 인생
제대로 살지 못하면
저세상에서 후불로
청구되는 것은 아닐까?

밥값은 돈으로 치르지만
삶의 계산서는
영혼의 가치로
청구되는 것은 아닐까?

밥을 먹다가
문득 내가 사는 삶의 순간마다
계산서가 청구되고 있는 것은 아닐까 하는 생각을 해봅니다.

태어날 때 우리는 이미
인생을 공짜로 얻어서 살고 있습니다.
그러나 그 삶은 수많은 사람의
땀과 눈물로 채워지는 것입니다.

그렇게 이루어지는 삶을
우리는 최선을 다해 살아야 합니다.
오늘 열심히 살지 않으면
이 세상의 삶을 마감한 후에
그 값을 비싸게 치러야 할지도 모릅니다.

오늘 순간순간을 가치 있게 살아야겠습니다.

19.

과거로 돌아갈 수 있다면 어떤 순간으로 돌아가고 싶은가요?

집착

잃어버렸다

길에서 길을

마음에서 마음을

도피하듯 찾아든 책방

책을 읽다가 글자를 잃어버렸다

사상의 미로에 빠져버렸다

술잔을 비웠다

생각의 강물이 범람하였다

기억들이 그물에 걸리었다

가장 무거운 것을 건져내었다

버둥대는 놈을 떼어 놓았다

다시 길이 보인다

길을 걷다가
지금 이 길이 맞나 싶을 때가 있습니다.

내 마음을 살펴보다가
그 마음이 참 나인가 의문스러울 때가 있습니다.

누가 떠밀어 가는 길도 아닌데 갑자기 낯설어지고
여긴 어디인가, 나는 어디로 가고 있는 것인가 알 수 없고,
나만의 생각에 빠져 습관처럼 살아온 날들이 아닌가
후회될 때가 있습니다.

버려야 할 것들을 버리지 못하고 쌓아놓고서 채울 곳이 없어
다른 생각들을 담지 못하는 것은 아닐까 돌아보게 됩니다.
낡은 생각과 집착을 이제는 하나씩 꺼내어 버려야겠습니다.
그리고 다시 나의 길을 씩씩하게 걸어가야겠습니다.

20.

버리고 싶은 생각이나 습관은 무엇인가요?

나이를 먹는다는 것은

나이를 먹는다는 것은
가을이 된다는 것

붉은빛 단풍이거나
노란색 은행잎이거나
본래의 모습으로 돌아가는 것

가을이 되고 나서야
무슨 색으로 살아왔는지 알 수 있지

나이를 먹는다는 것은
무거운 것을 털어내야 한다는 것

불어오는 바람에 맞서지 않고
가벼이 가진 것을 내어 주는 것

나이를 먹는다는 것은
단단한 뿌리와 기둥만으로 겨울을 준비하는 것

우리네 인생도 계절처럼 변해가는 것은 아닐까요?
가을 낙엽이 바람에 떨어지는 것을 보면
나이를 먹어가는 내 모습이 보입니다.

늙어간다는 것은 슬프고 우울한 것이 아니라
가벼워지고 단단해지는 것이라고 생각합니다.

지나온 시간만큼 추억이 많아지는 것이고,
누군가의 그리움이 되는 것이고,
미래를 위해 조용히 자리를 내어주는 것입니다.

떨어지는 낙엽은 겨울을 준비하는 따뜻함이며,
그 겨울을 지나면 다시 봄이 찾아오기에
가을이 되어 붉게 떨어지는 내 모습이
오히려 아름답게 느껴집니다.

21.

당신에게 나이를 먹는다는 것은 어떤 의미인가요?

엄마의 꿈을 양보하지 마세요

엄마도 하고 싶은 게 많았단다
하지만 이제 너만 보며 살 거야
넌 엄마가 이루지 못한 꿈을
이루어줄 거야 그렇지?

꿈이 많던 소녀가 어느덧 엄마가 되어
꿈을 양보하고 있나요?
'엄마의 꿈은 이제 너야' 하며
자식에게 꿈을 미루고 있나요?
아직 늦지 않았어요.

엄마는 엄마의 꿈을 계속 꾸고,
자식은 자식의 꿈을 꾸고,
남편은 남편의 꿈을 꾸어야 합니다.
꿈은 나의 것일 때 가장 아름답고
내가 먼저 꿈을 꾸어야
가족의 꿈도 응원할 수 있습니다.

못다 이룬 꿈을 자식에게 떠넘기지 말고,
내 꿈은 내가 꾸어야 합니다.
내가 꿈을 꾸지 않으면
꿈은 나에게 다가오지 않습니다.

엄마의 꿈을 절대로
남편이나 자식에게 강제로 이식하지 마세요.

22.

상황이 여의치 않아 포기했던 꿈이 있나요?

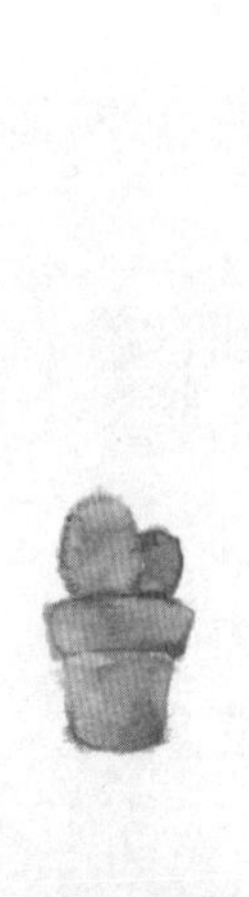

국화차

시든 꽃잎
뜨거운 물 속에서
다시 피어나

마른 목 적시며
향기롭게 또 한 번
절명한다

내 한 몸 떠날 때에는
무엇을 적시고 갈 것인가?
무슨 향 남길 것인가?

어떻게 살아가는 게 의미 있는 삶인지 생각해 봅니다.
하루하루 바쁜 일상 속에 의미 없는 노동으로
겨우 연명하며 살아온 것은 아닌지,
그저 먹고 살기 위해서
나만의 안위와 행복을 추구하며 살아온 것은 아닌지
가끔 돌아봅니다.

지천에 흔한 국화꽃도 마른 꽃잎으로 죽었다가
목마른 사람에게 향기로운 국화차로 다시 태어나
아름답게 살다 갑니다.

이제는 나도 마음과 영혼에
향기를 주는 삶을 살고 싶습니다.
꽃잎처럼 몸은 시들지만
따스한 가슴으로 다시 태어나고 싶습니다.
촉촉한 단비가 필요한 사람들에게
보슬비가 되어 내리고 싶습니다.
작은 위로의 말을 전해드리고 싶습니다.

23.

당신은 세상에 어떤 모습으로 기억되고 싶은가요?

아침부터 힘이 드나요
하루 종일 기분도 우울한가요

하루도 쉬운 날이 없지요!
모두가 지친 얼굴이네요

먹고 사는 일이 참 어렵죠!
몸과 마음이 쓰러질 것 같은
그런 날들의 연속

4장 。

다들

먹고 사느라

고생이 많습니다

코끼리 백 마리

어릴 적 딸의 말대로
코끼리 백 마리가
머리를 밟고
지나가는 것 같다

요즘 내 머리에
코끼리가 가득하다

딸이 어렸을 때 나에게 이렇게 말했습니다.
'엄마, 머리에 코끼리 백 마리가 지나가는 것 같아'라고요.
무슨 말이냐고 했더니 머리가 많이 아프다는 뜻이었어요.
코끼리가 머리를 밟고 지나가는 느낌 같았다고 합니다.

그 말을 듣고 저는 깜짝 놀랐습니다.
정말 아이들은 느끼는 대로 표현하는
말의 천재로구나 하고 말이지요.

나는 가끔 두통을 심하게 앓곤 합니다.
그럴 때마다 딸의 얘기를 생각하면 웃음이 나옵니다.
그리고 내 머리 속에 있는 코끼리 백 마리를
한 마리씩 빨리 지나가게 해 달라고 주문을 외웁니다.

가끔 내가 걸어온 길을 생각하면 아프고 부끄러운 마음에
코끼리 천 마리쯤은 지나가야 마음이 편해지지 않을까
생각해 보기도 합니다.

그러나 이제는 그런 후회보다는
지금의 삶에 더 충실하며 살아보려고 합니다.
코끼리가 더 이상 내 머리를 밟고 지나가지 않도록 말입니다.

24.

스트레스를 해소하는 당신만의 방법이 있나요?

다들 먹고 사느라 고생이 많습니다

아침부터 힘이 드나요
하루 종일 기분도 우울한가요

하루도 쉬운 날이 없지요!
모두가 지친 얼굴이네요

먹고 사는 일이 참 어렵죠!
몸과 마음이 쓰러질 것 같은
그런 날들의 연속

좀 더 멋지게 살아보고 싶은데
가족을 위해서 오늘도 힘을 내야 하는데
인생이 참 고단하네요

잘나가는 사람, 못나가는 사람
모두 버거운 짐을 지고 살고 있네요

일 끝나면 한 잔의 술에 녹여볼까요?

아니면 그냥 혼자 숨어볼까요?

하루 종일 남을 위해 살았는데
나를 위한 시간도 만들어봐요

내일은 조금 덜 힘들고
조금 더 행복해졌으면 좋겠어요

온종일 수고한 나에게
너무 감사해, 많이 사랑해
가만가만 얘기해 주도록 해요

하루하루 쉬운 날이 없습니다.
아침부터 힘들고 우울한 날도 있지요.
그러나 또 기운을 내서 하루를 살아내야 하니
인생이 참 고단하다는 생각이 듭니다.

먹고 사는 일이 그렇습니다.
살기 위해서 먹는 것인지,
먹기 위해서 사는 것인지
생각할 겨를도 없이 살아가야 하는 날들입니다.

하지만 나만 그렇게 힘겹게 사는 것은 아니기에
서로 어깨를 기대며 위로받으며 살아가고 있습니다.

오늘 힘들어도 조금만 더 기운을 내고
내일을 기대하며 살아요.
언젠가 조금 덜 힘들고, 조금 더 행복한
그런 날이 반드시 올 것입니다.

당신은 행복하기 위해 태어난 사람이니까요.

25.

살면서 가장 행복했던 순간은 언제였나요?

안개 속에서

인생은 안개 속을 걷는 것이다
가끔은 짙은 안개로
한 걸음 앞도 보이지 않는다

자동차가 안개등을 켜듯이
마음의 등불을 밝혀야 할 때다
불빛이 밝을수록 멀리 보인다

어둠까지 내리면
그야말로 암흑 속이다
잠시 눈을 감고 휴식할 때이다

안개가 짙을수록 함께 걸어라
등불이 모이면 보다 밝게 볼 수 있다
나의 등불을 더 환하게 켜두라

안개를 보지 말고
안개 너머 있는 불빛을 찾아라

내 앞을 먼저 가고 있는 등불이 보일 것이다

그 불빛을 따라가거나
새로운 길을 만들어
등불이 되어 줄 수도 있다

인생은 안개 속을 걷는 것과 같습니다.
누구도 자기 미래를 알 수가 없습니다.
인생은 매일매일 새로운 길을 가는 것과 같습니다.
그래서 마음의 등불을 항상 켜두고 있어야 합니다.
가끔은 어두운 밤처럼 깜깜할 때도 있습니다.
그럴 때는 혼자서 헤쳐나가려 하지 말고 손을 내밀어 보세요.
당신을 사랑하는 친구나 가족이
그 손을 잡고 함께 나아갈 것입니다.

어둠이 짙은 다음에 새벽이 찾아오듯이
힘겨운 시간이 지나면 반드시 햇살이 비춰
안개가 옅어지는 날이 오게 됩니다.

오늘 하루도 안개 속에서 헤매지 말고
마음의 등불을 켜고 천천히 나아가도록 하세요.

26.

가장 힘들었던 순간은 언제였나요?

나는 준비가 되었는가?

나쁜 일, 어려운 일은
준비 없이 찾아온다
천둥 · 번개가 치듯이
소나기가 오듯이
갑자기 쏟아져 내린다

그러나 그것은
나도 모르는 사이 쌓이는
부정적인 생각과
나쁜 습관들의 결과이다

좋은 일, 기쁜 일이
뜻밖에 찾아오기도 한다
그러나 준비 없이 맞이한 행복은
잠시만 머물다 사라진다

행운은 만드는 것이라고 한다
긍정적인 생각과

좋은 습관이 행운을 가져온다

나는 준비가 되었는가?
어려운 일을 맞이할 것인가
즐거운 일을 맞이할 것인가
나는 지금 어떤 준비를 하고 있는가?

힘든 시간은 언젠가 지나갑니다.
아직 끝나지 않은 이 고단함 속에서
나는 준비가 되어 있는가 돌이켜 봅니다.

사소한 시련 앞에서도 작아지는 나를
애써 일으켜 세웁니다.
내 생각과 습관들이 모여
일상이 되고 운명이 됩니다.

지금까지 힘든 시간이
결국 나로 인해 시작된 것이라면,
이제부터는 행복을 위한 준비를 해 보려고 합니다.

긍정적인 생각과
좋은 습관을 지니려고 애쓰며,
행운이 찾아올 수 있도록
항상 웃는 얼굴로 하루하루를 시작해보려 합니다.

생각에 따라 세상이 달리 보입니다.
내 인생은 내가 만들어가는 것입니다.

27.

당신이 생각하는 행복은 어떤 모습인가요?

인생을 운전하세요

고속도로를 달려왔나요
국도로 천천히 왔나요

빨리 왔다면 이제는
천천히 달리면서 쉬어가세요

천천히 쉬엄쉬엄 왔다면
한 번쯤은 고속도로로 빨리 달려가세요

목적지를 정하고 왔다면
길을 잃어도 금세 제 길로 돌아갈 수 있습니다

목적지 없이 무작정 왔다면
이제는 갈 곳을 정하고 빨리 가야 합니다

평생 운전을 하며 사는 것이 인생이라면
중간중간 목적지와 쉼터를 정해 두세요

무작정 달리다간 다시 제자리로 돌아가고
남들 달리는 길만 따라가게 될지도 몰라요

이제 가야 할 곳을 찾아서
방향과 속도를 정해 달려가세요

남은 시간이 그리 많지 않을지도 모릅니다
달리는 차에 기름이 떨어지기 전에
에너지를 채워가면서 이정표대로 달리세요

그 곳에는 어쩌면
우리가 만나고 싶은 멋진 사람들이
기다리고 있을지도 모릅니다

오늘도 바쁘게 하루를 보냈나요?
잠시 마음을 내려놓고 쉬어 가세요.

오늘 한가로운 시간을 보내고 있나요?
언젠가 때가 되면 다시 속도를 내어
힘차게 달려보세요.

살다 보면 빠르게 달릴 때도 있고,
천천히 쉬어 갈 때도 있습니다.

너무 달리기만 하면 지치고 고단하며
너무 오래 쉬고 있으면
달리고 싶은 마음이 사라질지 모릅니다.

달리기와 쉼을 적당히 병행하면서
가고 싶은 곳으로 달려가세요.
인생은 목적지로 도달하는 것이 목적이 아니며
그 달리는 과정과 쉼의 행복을 함께 누리는 것입니다.

목적지에는 우리가 만나고 싶은 사람들이
기다리고 있을지도 모릅니다.
그 시간을 상상하면서 오늘도 즐겁게 인생을 운전하세요.

28.

당신의 오늘은 어땠나요?

비상등

앞에 달려가던 당신이
비상등을 켭니다

당신을 비껴가
앞서갈 수도 있지만
왠지 걱정이 되어
뒤에 멈추어 섭니다

혼자 먼저 가버리면
왠지 쓸쓸해질 것 같습니다

우리는 같은 길을 가면서 함께 가기도 하고,
누군가 앞서가기도 합니다.

함께 갈 때는 서로 도우면서 힘을 합치지만,
다른 사람이 앞서가면 경쟁심을 느끼고
따라잡으려고 합니다.

그 사람이 잠시 제자리걸음을 하게 되면
그 틈에 앞서가기 위해 더 열심히 달리려고 합니다.

어쩌면 그 사람에게 큰 문제가 생겨서
도움이 필요할지도 모릅니다.
관심을 가지고 바라보면
그가 켜놓은 비상등이 보일 것입니다.

혼자서 앞서가면 높은 곳에 먼저 갈 수 있을지 모릅니다.
그러나 사람을 잃을 수도 있습니다.

늘 그의 뒤에서 달렸다면
그를 이기고 싶은 마음이 크게 작용할 것입니다.
성공이나 성취보다는 사람이 더 중요합니다.

그가 도움의 손길을 내민다면
모른 체하지 말고 그의 손을 잡아 주세요.

언젠가 나에게도 같은 일이 일어날지 모릅니다.
사람은 결국 혼자서 살 수 없고,
서로 도우면서 살아야 하는 존재입니다.

29.

소중한 사람들에게 하고 싶은 말을 써보세요

연필로 살고 싶다

나는 연필이다
쓰이기 위해선
깎여야 한다

무뎌지면 깎이고
또 깎이면서 작아지지만
죽는 날까지 깎이더라도

연필로 살면서
쓰고 싶은 것과
쓸 수 있는 것을
다 쓰면서 살고 싶다

쓰다가 부러지면
다시 깎이고 깎여
마지막 심지가 다 닳을 때까지
쓰임이 되는 연필이고 싶다

연필이 쓰이려면 먼저 뾰족하게 깎여야 합니다.
쓰다가 무뎌지면 깎아야 하고, 부러져도 깎아야 합니다.
그래야 연필의 역할을 할 수 있습니다.
연필로 살기 위해서 고통을 견뎌내야 합니다.

연필은 글을 쓰고 그림을 그립니다.
빈 종이 위에 새것을 창조하는 것입니다.
그러니 연필은 창조자입니다.
그리고 예술가입니다.

나는 연필로 살고 싶습니다.
연필 같은 손으로 글을 쓰고,
그림을 그리며 살고 싶습니다.
새로운 것을 창조하며 살고 싶습니다.
예술가로 살고 싶습니다.

연필은 오래 쓰면 작아집니다.
그러나 역할은 달라지지 않습니다.
아무리 작은 연필이라도
글을 쓰고 그림을 그릴 수 있습니다.
그리고 연필의 길이만큼 오래 쓸 수 있습니다.

사람도 마찬가지입니다.
그가 가진 잠재능력의 길이만큼
그 일을 해낼 수 있습니다.
누구나 자기만의 재능이 있는 것입니다.

내가 잘하고 싶은 일,
잘할 수 있는 일이 무엇인지 알아보려면
무뎌진 생각을 다듬어서
무엇이든 한번 시도해봐야 합니다.

아무것도 해보지 않으면
무엇을 할 수 있는지 알 수 없으니까요.

30.

당신이 잘하고 싶은 일, 잘할 수 있는 일은 무엇인가요?

그물에 갇힌 물고기처럼

그물에 갇힌 물고기는
생명수를 얻지 못해
서서히 죽어간다

어항에 감금된 물고기는
먹이를 기다리며
가까스로 생명을 연장한다

먹이를 얻기 위하여 스스로
삶의 감옥에 나를 가두고
영혼을 탕진하며 살아왔다

언젠가 그 감옥에서 탈출하여
멀고 광활한 바다를 찾아 나서겠다고
버둥거리며 달리다 보니

이제는 시간의 그물에 갇혀
먹이도 잃고 생명수도 모자라

소리 없는 퍼덕임에 지쳐간다

조금만 더 힘을 내자 힘을 내자
이빨을 날카롭게 세우고
그물을 찢어보자 찢어보자

감옥에 갇힌 것처럼 갑갑하고 우울할 때가 있습니다.
먹고 살기 위해 온종일 고단한 일에 몸을 맡기고,
영혼까지 소진되는 그런 시간의 연속.

멀리 도망치려고 해도 결국은
어항 속이나 그물 안에서 퍼덕이고 있는
자신의 모습을 바라보게 됩니다.

그러나 우리는 탈출을 꿈꾸며
하루하루를 견디고 있습니다.
조금만 더 힘을 내서
나를 가두고 있는 감옥에서 탈출할 수 있도록
마음의 힘을 단단하게 길러야 합니다.

오늘 힘들어도 내일은 조금 더 자유로운 시간으로
가까이 다가가고 있음을 믿고 용기를 내 보세요.

세상 그 무엇도 내 영혼까지 가둬두지는 못한답니다.

31.

최근에 읽은 책의 제목과 내용은 무엇인가요?

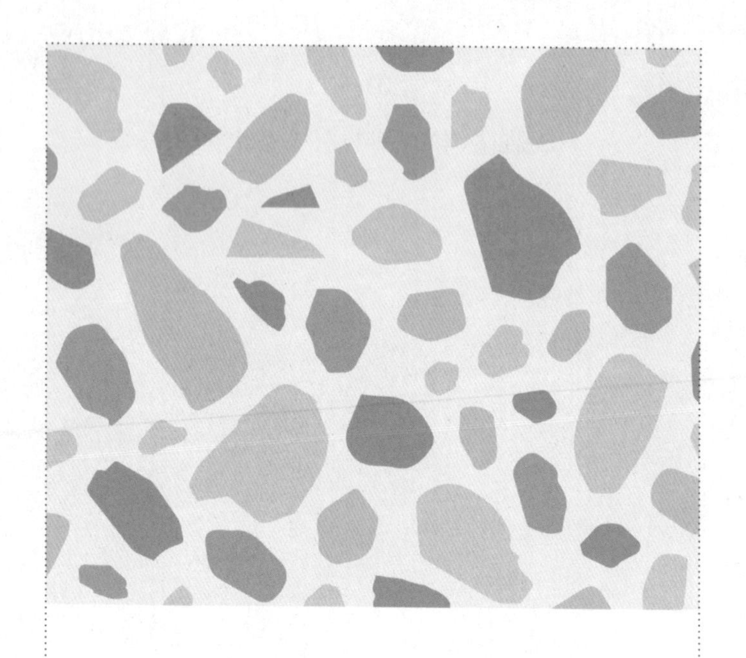

나는 본래 무슨 모양이었나?

네모난 집에서는
작은 네모 조각이 되어
빈자리 채우고

세모난 회사에 가면
아주 작은 세모 조각이 되어
모자란 곳 채우고

5장

세상의

한

조각이 되어

마음의 문

마음에는
수많은 문이 있어

당겨야 할 문
밀어야 할 문
열지 말아야 할 문이 있다

당길 문을 밀거나
밀어야 할 문을 당기면
문은 열리지 않는다

때로는 노크 먼저 해야 하고
절대로 열면 안 되는 문도 있다

남의 문을 열기 전에
나의 문부터 열어두자

사람에게 다가가는 일은 어렵습니다.
누군가의 마음을 열고 그 안으로 들어가는 일은
더 어렵습니다.

우리는 좋은 사람과 함께하고 싶어 합니다.
그 사람의 마음을 얻고 싶어 합니다.

그러나 가까운 사이라도
보여주고 싶은 마음과 감추고 싶은 마음이 있습니다.
그 사람을 잘 안다고 해서
그 마음마저 다 안다고 생각하면 안 됩니다.
그리고 보여주고 싶지 않은 마음을
모두 알려고 해서도 안 됩니다.
때로는 그 사람만의 생각과 기억을 존중해주고
모른 체해주어야 합니다.
그리고 상대방의 마음을 열기 전에 내 마음부터 열어야 합니다.
그래야 서로 마음을 나눌 수 있습니다.

나의 마음이 소중하듯이
다른 사람의 마음도 소중히 여겨야 합니다.

32.

다른 사람에게 말하기 어려운 당신의 비밀을 써보세요

세상의 한 조각이 되어

나는 본래 무슨 모양이었나?

네모난 집에서는
작은 네모 조각이 되어
빈자리 채우고

세모난 회사에 가면
아주 작은 세모 조각이 되어
모자란 곳 채우고

원 모양 뿔 모양 달 모양
별의별 모양 많기도 한데
나는 가는 곳마다 다른 모양이 되어

혼자 있을 때는
무슨 모양을 해야 하나……

나는 본래 무슨 모양을 품고 태어났을까?

살다 보면 본래의 내 모양대로,
내 색깔대로 살 수 없을 때가 많습니다.
나는 동그라미 모양으로 살고 싶은데
세모가 되어 살아야 하고,
네모가 되어야 하기도 합니다.
기계의 부속품처럼 빈 자리에 맞는 모양이 되어
어울려 살아가야 합니다.

그것은 내가 어떤 모양이라도 될 수 있는
유연한 모양을 갖고 있기 때문이기도 합니다.
그러나 넘어져도 다시 일어서는 오뚜기처럼
혼자 있을 땐 본래의 내 모양대로 돌아오고 싶어집니다.

내가 어떤 모양을 가지고 있든
본연의 모습이 가장 편안하기 때문입니다.

우리는 모두 세상의 한 조각이 되어 살아가지만,
또한 온전한 나 자신의 모습을 잃지 않고 살아가야 합니다.
매일 자신의 참모습을 되돌아보고
발견하는 시간을 가져보는 것은 어떨까요?
진정한 자신의 모습을 버리지 마세요.

33.

당신이 좋아하는 것은 무엇인가요?

사랑하는 사람들에게

사랑한다 말하려고
돌아보면, 돌아보면
…… 없다

사랑을 두고 달려온 세월
따라오기엔 숨이 차올라
머언 그늘 속에 숨어버렸나

앞서 온 발자국엔 땀이 차오르고
쓸쓸함이 띄엄띄엄
잡초처럼 자라고 있는데

아껴두고 부르지 못한 이름이여
사랑하는 가족, 친구들이여……

먹고 사는 일이 바빠서 돌아보지 못했습니다.
어느덧 세월이 흘러 나이를 먹고
가슴에 쓸쓸함이 밀려올 때
그제야 사랑하는 사람들의 이름을 불러봅니다.

그러나 그들은 이미 저만치 떨어져서 불러도 듣지를 못합니다.
조금씩 멀어지면서 서로의 길을 가기에 바빠서
사랑한다는 말도 제대로 하지 못한 시간이 아쉽습니다.

너무 앞만 보고 달리지 마세요.
가까이에서 함께 기쁨과 슬픔을 나누어 줄
가족과 친구들에게 손을 내밀고 사랑한다고 말해주세요.

열심히 일을 하고 달리는 것도
사랑하는 사람들과 행복을 나누기 위해서입니다.
조금 늦었더라도 오늘은 용기를 내어
사랑한다 말하고 꼭 안아주세요.

34.

사랑하는 부모님께 편지를 써보세요

시간 대출

아무것도 하지 못하고 허둥대거나
의미 없는 일로 시간을 낭비할 때
빈둥대며 해야 할 일을 하지 않을 때
나의 시간 통장은 마이너스가 된다

사랑하지 못하고 미워할 때
욕망에 사로잡혀 이성을 잃을 때
정직하지 못하고 불의한 일을 저지를 때
사소한 일로 분노하여 어쩔 줄 모를 때
나는 시간을 저당 잡히는 것이다

이렇게 대출된 시간이 모이면
내가 지불해야 할 이자는 점점 커져
더 많은 삶의 무게를 지고
바쁘고 힘들게 살아야 할지 모른다

주어진 시간을 낭비하지 않고
그때그때 최선을 다해 사는 것이
우리에게 주어진 삶의 의무일지 모른다

월급은 한 달에 한번 후불로 주어지지만,
시간은 매 순간마다 공평하게 주어집니다.
그 시간을 충실하게 보내지 못하면
미래의 시간을 빌려 써야 합니다.
나중에 쉬어야 할 시간을 미리 쓰는 것이므로
휴식해야 할 때 편안히 쉬지 못하고
오히려 지금 해야 할 일에 이자까지 보태어
더 많이, 더 힘들게 일해야 할지도 모릅니다.

모든 것은 때가 있다고 합니다.
그때는 그것을 하기에 적당한 때라서
많은 수고를 들이지 않아도 수월하게 할 수 있습니다.
그러나 때를 놓치면 그 일의 무게가 무거워져
더 많은 힘과 노력이 필요합니다.

공부를 하고, 여행을 가고,
가족들과 즐거운 추억을 만드는 것도
적당한 때가 있습니다.

오늘 당신이 해야 할 가장 적당한 것은 무엇인가요?
하루에 한 가지씩 시작해 봅시다.

35.

해야 할 때를 놓쳐서 후회하는 것이 있나요?

마음을 다리다

구겨진 옷을 다리듯
구겨진 인생을 다릴 수는 없을까?

구불구불 잘못 걸어간 길도
곧게 다려 다시 갈 수는 없을까?

구겨진 것은 옷만이 아니다
마음은 얼마나 많이 꼬깃꼬깃해졌을까?

오늘은 옷보다 먼저
마음을 다려보아야겠다

구겨진 옷을 다리며 생각했습니다.
지금까지 내가 걸어온 길은
얼마나 구불구불 구겨진 길이었을까요?
이미 지나온 길은 다시 돌아가 곧게 펼 수 없겠지요.
앞으로 걸어갈 길도 내가 곧게 걸어가지 않는다면
구겨진 길이겠지요.
앞으로는 한 걸음 한 걸음 반듯하게 걸으며 나아가야겠습니다.

매일 수많은 생각을 하고,
수많은 말을 주고받는 마음은
또 얼마나 꼬깃꼬깃 주름져 있을까요?

상처를 주는 말과 행동은
마음에 짙은 얼룩과 주름을 남깁니다.
마음에 지는 주름은 자기만 알 수 있습니다.
그 주름을 펼 수 있는 사람도 자기 자신뿐입니다.

마음에 주름이 생겼다면
오래 두지 말고 빨리 펴줘야 합니다.
기도를 하거나 음악을 듣거나,
좋아하는 일을 하거나 여행을 하면 됩니다.

지금 그 마음을 다리지 않으면
나중에는 잘 펴지지 않을지도 모릅니다.
그러니 마음의 다리미를 몇 개쯤 준비해두는 것은 어떨까요?

36.

상처받은 마음을 돌보는 당신만의 방법은 무엇인가요?

우리가 그린 보물 지도

어딘가에 묻혀 있다는 보물 이야기
지도만 있으면 찾아가서 큰 부자가 될 텐데……
보물 지도는 터무니없는 이야기라면서도
남몰래 설레고 탐험하고 싶은 꿈이었지

그 꿈은 하나의 이정표가 되어
평범한 일상 속에서 소소한 보물들을 만나고
인생의 지도가 그려지고 있었지
누구도 똑같지 않은 보물 지도를 가지고 있지

동화책에서 읽었던 멀고 거대한 보물섬은
끝내 찾지 못하겠지만
우리에게 주어진 수많은 보물도 알지 못하지
그 보물은 내 마음에 묻혀 있다는 것을……

우리는 어릴 때부터 꿈을 꿉니다.
동화책을 읽으며 그 꿈을 키워가다가
어른이 되면 조금씩 잊어버립니다.
꿈은 꿈일 뿐이라며 현실에 적응하고,
안주하며 살아갑니다.
그리고 자식을 낳으면 자식에게 다시 꿈을 꾸라고 말합니다.

누구나 한 번쯤은 보물섬에 대해 들어보았을 것입니다.
수많은 보물이 묻혀 있다고 하는 보물섬은
정말 환상적이고 멋진 이야기입니다.
보물 지도만 있다면 누구라도 한 번은
탐험하고 싶은 곳이지요.

하지만 그곳은 너무 멀고, 아득하고, 위험합니다.
그냥 마음에 꿈으로 담아두는 곳이지요.
동화 속 이야기가 대부분 그렇듯이
어른이 되면서 자연스럽게 잊습니다.

보물이라고 하면 매우 드물고 귀하며
가치가 있어 보배로운 물건을 뜻합니다.
그래서 보물이라고 하면 나와는 먼 곳에 있는,
내가 가질 수 없는 것으로 생각합니다.
사전적인 의미가 그렇다고 하더라도
누구나 보물을 가질 수 있습니다.
나에게 소중하고 아름답고 가치 있는 것,
내가 좋아하고 사랑하는 사람이나 동식물,
또는 내가 간절하게 바라고 원하는 꿈도 보물이 될 수 있습니다.

보물은 다른 사람이 정해놓은 몇 가지에 한정되지는 않습니다.
그것은 오직 나에게 가치 있고 보배로운 것이기 때문입니다.

이렇게 바라보면 보물은 누구에게나,
언제나 있고, 또 많이 있습니다.
지금까지 간직하고 있는 것도 있고,
추억 속에 남겨진 것도 있습니다.
아주 작고 소소한 것이라도 내가 소중하게 생각하는 것은
모두 보물입니다.

우리는 거창하게 보물 지도를 찾고,
보물섬이 있는 곳으로 떠날 필요가 없습니다.
우리 모두는 자신만의 보물 지도를 가지고 있기 때문입니다.

지금 내가 누리는 행복한 일상도,
가족이나 친구들과 함께 지내는 시간도 소중한 보물입니다.
무엇보다 나 자신은 가장 소중한 보물입니다.
나는 세상에 오직 하나밖에 없는 귀한 존재이기 때문입니다.
보물을 멀리서 찾지 말고 가장 가까운 곳에서 만나야 합니다.

보물은 내 마음 안에 있습니다.

37.

소소하지만 소중한 당신의 보물들을 적어보세요

사과

주고받는 일 없도록 해요
꼭 그래야 한다면
너무 늦지 않도록 해요

사과도 유통기한이 있으니까요

살면서 서로에게 미안할 일이 없으면 가장 좋겠지만,
세상에 완벽한 인간관계는 없기 때문에
사과할 일은 언제든 일어날 수 있습니다.

실수였든, 불가피한 사정이었든
상대방에게 실례되거나 미안한 일이 생겼다면
빨리 사과를 해야 합니다.

'그냥 지나가도 되겠지' 생각하고 대충 넘어가면
상처를 받은 사람은 오랫동안 잊어버리지 못해
힘들어 할 수도 있습니다.

너무 늦게 사과를 한다면
사과의 의미가 퇴색되거나
의미 없는 일이 될 수도 있습니다.

미안한 일이 있다면
되도록 빨리 사과하는 것이
나와 그 사람에게 이로운 일입니다.

용서는 사과로부터 시작되기 때문입니다.

38.

아직 사과하지 못한 사람이 있다면
여기에 사과의 말을 적어보세요

향기

하나의 향기로만 이름 짓지 말라
당신에겐 소박한 백합 향일지라도
다른 누구에겐 뜨거운 장미향일지 모른다

내 안에는 하나의 내가 아닌
서로 다른 모습의 내가 있습니다.

지금 보이는 모습이
나의 전부는 아닙니다.

나를 하나의 잣대로 규정 짓지 말아야 합니다.
누군가 그들이 보는 대로 내 모습을 결정하더라도
그 틀에 맞추어 나를 만들 필요는 없습니다.

나에게는 다양한 향기가 있습니다.
서로 다른 꽃의 씨앗을 여럿 가지고 있습니다.
계절마다 다른 꽃이 피어나듯이
내 안에는 수많은 가능성을 가진
놀라운 세계가 숨어 있습니다.

미지의 땅을 정복하는 탐험가처럼
내게 발견되기를 기다리는
나만의 세상을 탐험해 봅시다.

39.

남들은 모르는 당신의 모습을 써보세요

남보다 잘 살려고
너무 애쓰지 마세요

지금도 충분히
　열심히 살고 있는 걸요

지치고 힘들 땐
그냥 좀 쉬었다 하세요

6장 。

너무

애쓰지

마세요

휴식이 필요한 시간

오후 네 시
휴식이 필요한 시간
달콤한 커피 한 잔

한 모금 두 모금
향기를 마시면
노곤노곤 시간이 녹는다

내려놓고
잠시 비우고 가자

신호등이 많은 도로보다
고속도로를 달리는 것이
빠르고, 편하고, 좋습니다.
그러나 오래 달리다 보면 쉬고 싶습니다.

살아가는 일도 그렇습니다.
온종일 바쁘게 지내다 보면
잠시 휴식이 필요할 때가 있습니다.

오후 네 시쯤 커피가 생각납니다.
향기 좋은 커피 한 잔 마시면서
잠시 바쁜 일상을 내려놓고 쉬어가는 건 어떨까요?

고속도로에서 휴게실을 만나는 반가움처럼
내 마음에도 휴식공간을 만들어 봅시다.

40.

당신은 쉴 때 무엇을 하나요?

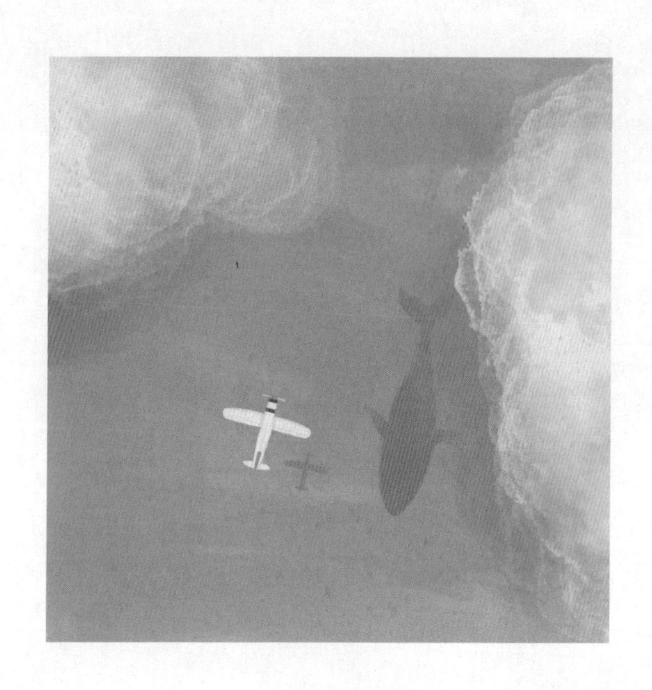

너무 애쓰지 마세요

남보다 잘 살려고
너무 애쓰지 마세요

지금도 충분히
열심히 살고 있는 걸요

지치고 힘들 땐
그냥 좀 쉬었다 하세요

평생 노력만 하면서
살 수는 없잖아요

게으르다고 책망하지 마세요
휴식이 부족해서 그런 거예요

하루하루 먹고사는 일이
너무 힘들게 느껴지나요?

아침부터 저녁까지 일해도
보람이 없고 재미도 없나요?

나만 그런 게 아니에요
다들 그렇게 사는 게 인생이에요

가끔씩은 오롯이 나만을 생각하고
아무것도 하지 않아도 괜찮아요

그렇게 살면서
즐거움을 하나씩 찾도록 해요

열심히만 살려고
너무 애쓰지 마세요

41.

애쓰며 열심히 살아온 당신에게 격려의 말을 건네보세요

안경을 벗고 세상을 보니

안경을 벗으니
가로등이 다 별빛이다
자동차 등불은
하늘을 건너가는 유성이다

자세히 보려 하지 않으니
아름다움이 보인다

내가 처음
그대를 사랑했을 때도
그랬으리라

나이를 먹으니 눈이 나빠져 안경을 끼고 세상을 봅니다.
선명하고 밝게 보여서 기분이 좋습니다.
그러나 종일 안경을 끼고 있으니 눈이 아파집니다.
잠시 안경을 벗고 흐릿하지만 가볍게 세상을 보았습니다.

늘 보아오던 가로등이 별빛이 되어 반짝입니다.
자동차 불빛은 밤하늘에서 떨어져 내리는 유성처럼 보입니다.
아마 미워하는 사람이 가까이 스쳐 가도
모르는 행인처럼 무심하게 느껴질 것 같습니다.

처음 누군가를 만나 사랑할 때도 그렇지 않았을까요?
우리는 안경을 벗고 멀리서 희미하게 볼 때
그 사람이 더 신비롭고 아름답게 보입니다.

그러다가 사랑하는 사람과 함께 지내면서
서로를 자세히 보게 되면
처음에 느꼈던 아름다움과 설렘을 잃어버리고
알지 못했던 단점만 더 크게 보일런지도 모릅니다

가끔은 일부러 안경을 벗고
그 사람을 조금 멀리서 바라보아야 합니다.
그래야 관계를 더 오래 편하게 지속할 수 있습니다.

42.

관계를 건강하게 지속하기 위해 필요한 것은 무엇일까요?

노랑 신호등

초록불이던 당신 마음이
노란색으로 바뀌려고 하네요
그냥 달려가야 할까요
아니면 멈추어 설까요?

달리다가 사고가 날까 봐
잠시 기다려봅니다
너무 늦지 않게 켜주세요
당신의 초록 신호등

빨간 신호도 잊지 말고
알려주세요

사람과 사람 사이가
꼭 신호등 같다는 생각을 해봅니다.
마음을 열고 달려와도 좋다는 초록 신호를 보내기도 하고
더 다가오지 말고 기다리라는 노랑 신호등,
정지선을 넘어오지 말라는 빨강 신호등을 켜기도 합니다.

내 생각만으로 무조건 달려가면 안 됩니다.
신호를 주는 상대방의 마음을 읽을 줄 알아야 합니다.
지금 그 사람과 나와의 관계는
초록불인지 아니면 노란 불인지…….

멈추어야 할 때는 잠시 기다려 주는 것도
관계를 지속하기 위한 방법입니다.
우리는 서로 신호등을 깜박이며 만나고, 헤어집니다.

43.

당신의 마음을 들여다보고
지금 어떤 신호등을 켜고 있는지 적어보세요

빨리 철들지 마라

너무 일찍 철들지 마라

사는 게 재미 없어진다

풋사과처럼 싱그럽게 살면서

하루하루 익어가는 즐거움을

오래오래 느껴보아라

맛있는 과일은 쉽게 익지 않습니다
뜨거운 햇살과 바람을 맞으며 봄, 여름을 지나
천천히 진한 향기와 깊은 맛으로 숙성되는 것입니다.

살아가는 것도 그런 것 같습니다.
어린 나이에 너무 일찍 세상을 다 배운 듯이 성숙해지면
남은 인생은 그다지 즐거울 것 같지 않습니다.

나이에 따라 경험하고 배울 것이 따로 있으니
그때그때 느끼고, 즐기면 됩니다.

조금 늦게 가도 괜찮아요.
빨리 달리기만 하면 내 앞에 펼쳐진 광경이
얼마나 아름다운지 느낄 수가 없습니다.

나는 아이들이 너무 빨리 철들기를 바라지 않습니다
천천히 배우고 느끼고 깨달으며 스스로 성장해가길 바랍니다.

나는 아직도 아이와 함께 철드는 중입니다.

44.

철이 든다는 건 어떤 걸까요?

이런 친구 하나 있으면 좋겠다

뭔가 하고 싶은데
자신이 없어
결정을 못 내릴 때
누가 내 손을 잡고 함께 하자고 하면 좋겠다

어딘가 가고 싶은데
용기가 없어
갈까 말까 망설일 때
누가 내 등을 떠밀고 같이 가자고 하면 좋겠다

혼자서는 낯설고 겁이 나고
맞는지 틀리는지 확신이 없고
시작해도 되는지 아닌지
내가 나를 알 수 없을 때

누군가 내 어깨를 툭 치며
"그냥 한번 해봐 뭐 어때?"
이렇게 말을 해주면 좋겠다

나와 같은 맘으로 걸어가는 친구 하나

옆에 있으면 좋겠다

마음은 자율적이고 강인할 것 같지만 전혀 그렇지 않습니다.
오히려 그 정반대입니다.

인간의 마음은 여리고 유리처럼 깨지기 쉽습니다.
그리고 남에게 잘 이끌려가거나 의존하려는 경향이 있습니다.
그래서 스스로 결정하기보다
누군가 대신 결정해주는 것을 좋아합니다.
잘못된 선택이라 해도 자신의 탓이 아닌
남의 탓으로 돌릴 수 있으니까요.

자신이 정말 좋아하는 일이라 해도
다른 사람의 동의를 구하고 싶어 합니다.
그래서 자기가 아닌 남이 선택해 주기를 원합니다.
자신의 참 마음을 감추고 거짓으로 사는 것이지요.

자아는 자기 자신을 잘 알려고 하지 않고,
누군가 대신 자기를 알아봐 주고 규정해주기를 바랍니다.
그러나 자신이 생각한 대로 인정받지 못하면
오히려 화를 내고 자존감을 상실합니다.
이럴 때 정말 나를 믿어주고
내가 하고자 하는 모든 일을 인정해주는 친구가 있다면
자아는 깨어나기 시작합니다.
자부심을 느끼고 자신감을 얻게 됩니다.

우리는 모두 그런 친구가 필요합니다.
단 한 사람이면 됩니다.
내 생각, 행동, 버릇까지 다 이해해주고
수용해주는 친구가 있다면
우리는 자신을 믿고,
무엇이든 할 수 있는 힘을 얻게 됩니다.

그런 친구가 가까운 곳에 있나요?
아직 없다면 내가 먼저 그런 친구가 되어주면 됩니다.
그러면 그도 나에게 그런 친구가 되어줄 것입니다.

45.

당신을 믿어주는 친구와

함께 해보고 싶은 일을 적어보세요

꿈을 켜두겠습니다

어젯밤에는
거실 책상에 작은 등 하나
켜두었습니다

몸은 잠들어도
마음은 밤새
깨어있고 싶었기 때문입니다

나는 꿈을 꾸겠습니다
꺼지지 않는 등처럼
꿈도 켜두겠습니다

가끔은 잠들고 싶지 않은 날이 있습니다.
밤새도록 책을 읽고 싶은 날이 있습니다.
이런저런 생각을 펼쳐 놓고
새벽까지 글을 쓰고 싶은 날이 있습니다.
나이를 먹을수록 그런 날이 더 많아집니다.

그런 날에는 가끔 책상 위에 작은 등을 켜둡니다
몸은 잠들어 꿈을 꾸겠지만
마음만은 등과 함께 깨어있고 싶기 때문입니다.
낮보다 밤이 길어서 등불 켜놓고
책을 읽고 생각할 시간이 많았으면 좋겠습니다.
마음을 켜두듯 작은 불빛에 꿈도 함께 켜두고 싶습니다.

46.

따로 시간을 내어 하고 싶은 것은 무엇인가요?

그대로 두어라

흔들리면 흔들리는 대로
두려우면 두려운 대로
그대로 두어라

바람이 부는 것을
막을 수가 없다면
피할 곳이 없다면
흔들리는 수밖에
도리가 없지 않은가

흔들리면서도
정신만 차린다면
두 발에 힘을 주고
웅크리고 앉아서
버티어 낸다면
언제가 그 바람은
다른 곳으로 떠날 것이니
두려워 말고 견디면 된다

흔들리고 버티다 보면
마음은 점점 강인해질 것이고
다리에도 힘이 생길 것이며
바람을 막아줄 방패도
만들 수 있을 것이다

흔들리는 것은 흔들리게
두려운 것은 두려운 채로
잠시만 그대로 두어라

하루에도 수십 번씩 마음이 흔들릴 때가 있습니다.
어떤 선택을 해야 할지 몰라 방황을 하고
어떤 게 옳은지, 그른지 판단하기 어려울 때가 있습니다.

작고 사소한 일이라면
잘못된 선택을 한다고 해서 크게 문제 될 것은 없습니다.
그러나 인생의 중대한 선택 앞에서도 확신이 서지 않아
두렵고 망설여질 때가 분명 몇 번씩은 찾아옵니다.
죽을 만큼 힘든 일을 하면서도
그만두어야 할지 계속해야 할지 결정을 내리지 못하고
괴로워만 하고 있을 수도 있습니다.
직장인이라면 매일 같이 사표를 가슴속에 품고 살 수도 있습니다.
나도 그런 꿈을 꾼 적이 있습니다.
그러나 확신이 서지 않고 두려운 마음이 들어
그냥 가만히 생각을 멈추었습니다.

땅에 뿌리를 심고 움직일 수 없는 나무도
바람이 불면 이리저리 흔들리며 살아갑니다.
태풍이라도 불면 가지가 부러지기도 하지만
가만히 제 자리에서 뿌리를 더 단단히 내립니다.
스스로 움직일 수 없기 때문입니다.

인생에 불어오는 바람은 더 거칠고 차갑습니다.
우리가 흔들리며 사는 것은 너무 당연합니다.
스스로 움직일 힘이 없다고 생각되면
차라리 나무처럼 제 자리에서 더 단단히 버텨야 합니다.
그리고 스스로 걸어갈 힘을 키워나가야 합니다.
더 강하고 크게 자랄 때까지 참고 기다리세요.
그리고 성큼성큼 바람을 등지고 떠나십시오.
그날을 위해 오늘도 힘차게 살아갑시다.

47.

당신이 지쳤을 때 힘이 되어 주는 말이나 글이 있다면
여기에 적어보세요

아무것도 하지 않을 시간

세상에 태어난다는 것은
생존을 위한 끝없는 연습의 시작

배고플 땐 우는 연습
자라면서 걷는 연습과 뛰는 연습

먹고 살기 위해서
참고 견디고 일하는 연습

일찍 일어나는 연습
행복해지는 연습

모든 일상이 연습투성이다
연습 없이 그냥 살면 안 될까?

일요일, 아무것도 하지 않고 누워 빈둥빈둥 TV만 봅니다.
온종일 이렇게 지내도 되나 하는 생각이 듭니다.
쉬는 날도 뭔가 의미 있고 가치 있는 일을
해야 할 것 같은 압박감이 듭니다.
아무것도 안 하는 내가 게으른 사람인 것처럼 느껴집니다.

일주일 동안 일하느라 힘든 시간을 보내고
몸과 마음은 휴식을 원하고 있습니다.
좋아하는 것을 하거나 영화를 보거나
가족과 나들이를 하러 가거나 하는 등의 일로
의미 있는 시간을 만들 수도 있겠지요.
하지만 누구나 고단했던 시간의 짐을 내려놓고
아무것도 하지 않을 권리가 있습니다.

살아가기 위한 일들이 모두 연습뿐이라고 해도
나를 위한 시간에는 연습이 필요 없습니다.
그냥 원하는 대로 쉴 시간이 필요합니다.
잠시 쉬어간다고 뒤처지는 것은 아닙니다.
가끔은 아무것도 준비하지도 말고, 연습하지도 말고
그냥 그대로 멈추어도 좋습니다.

48.

아무것도 하지 않을 권리가 있다고
당신 자신에게 선포하는 글을 써보세요

고양이와 함께 살기

해가 질 때까지 나는
쓰고 달고 매콤한
시간의 실타래를 감고 또 감고

저녁이면 고양이는
야옹야옹 장난감처럼
엉킨 내 마음의 실타래를 풀고 또 풀고

그렇게 우리는 함께
하루하루 살아갑니다

반려동물을 키운다는 것은 작은 행복입니다.
회사에서 일하느라 지치고, 사람들과 함께하느라
얽히고 힘든 마음은
집에서 반겨주는 반려동물이 있어서
하나씩 풀어낼 수 있습니다.

나는 고양이 두 마리를 키우고 있습니다.
한 마리는 야옹야옹 대답을 잘하고
다른 한 마리는 안아주면 아기처럼 얌전하게 잘 있습니다.
집에 가서 그 녀석들을 쓰다듬고 안아주면
지친 마음이 사르르 녹고 찡그린 얼굴도 활짝 펴집니다.
고양이와 함께 살면서 마음껏 웃고 행복해집니다.

49.
힘든 하루를 위로해 주는 사람이나 반려동물에게
감사의 말을 남겨보세요

희망의 빛

어두운 밤에는
어둠만 있는 것은 아닙니다

높은 하늘에는 달이 있습니다
먼 하늘에는 별이 있습니다

구름에 가려 보이지 않아도
그 빛은 언제나 그곳에 있습니다

마음에도 어두운 길이 있습니다
아무것도 보이지 않는 깜깜한 길입니다

하지만 그곳에도 작은 빛이 있습니다
희망의 별이 무수하게 반짝이고 있습니다

걱정과 두려움에 가려 보이지 않아도
그 빛은 언제나 마음을 비춰주고 있습니다

어두운 길을 걸어갈 때면
가만히 하늘을 올려다보세요

별빛이 반짝이며 길을 안내할 것입니다
달빛이 동행하며 친구가 되어 줄 것입니다

마음의 등불이 꺼져 깜깜해져도
작은 희망의 별빛들은 꺼지지 않고 반짝입니다

앞이 보이지 않아 막막할 때면
가만히 희망의 빛을 찾아보세요

한 걸음 한 걸음 빛을 내려 길을 비춰줄 거예요
어둠의 길이 끝날 때까지 인도할 거예요

너무 힘들고 지쳐서 일어나지 못할 것 같은가요?
종이 한 장 들어 올릴 힘도 없는 것 같고,
세상이 온통 어둠뿐이라고 느껴지나요?
그럴 때 가만히 하늘을 올려다보세요.
어두웠던 하늘에서 별빛이 하나둘
반짝이는 것이 보일 것입니다.
우리가 바라보지 않았을 뿐,
별빛은 언제나 그 자리에서 빛나고 있었던 것입니다.

마음이 어둠에 가득 차 있어도
그 안에 희망의 빛이 들어 있습니다.
마음을 평온하게 하고 가만히 들여다보세요.
그리고 그 희망의 불빛을 따라 한 걸음씩 나아가세요.
아주 작은 용기만 있으면 됩니다.
희망을 바라볼 용기만 있으면 됩니다.

당신을 힘차게 응원합니다.

50.

당신 자신을 마음껏 응원해 주세요!